Wie ich eine Fujoshi geworden bin?
Da steckt keine besondere Geschichte dahinter.
Fußballspiel ins Glück!
Ach so! Mann, ist der schlau!
Was sind das denn für Manga?
Aber das ist doch der neue Band der Straßenkicker, oder?
Warum ist der Zeichenstil so anders...?
Und das Buch ist so groß?
Herz
Fußballspiel ins Glück!
Inklusive Werke von Tama-P, Anzu, Sakihama und Minami!
15
Wer wird gewinnen?
Ach, egal.
Ist gekauft!

Aus dem Japanischen von Carina Dallmeier

Zeichnungen:
Akira Hirahara

Story:
Naoto Asahara
Kapitel 10

Inhalt

Kapitel 10 — 001

Kapitel 11 — 043

Kapitel 12 — 089

Kapitel 13 — 131

Der Band hat mich total schockiert...
... denn mein Lieblings-charakter...
... hat einen anderen Jungen geküsst!
Wie jetzt?!
Aber das hat...
... einen Schalter in mir umgelegt!

* Zeichnungen, die Fans von bspw. einem Manga anfertigen

** Abgeleitet von »relationship« (eng. für »Beziehung«). Paar, das i. d. R. nicht offiziell zusammen ist.

*** Von Fans gezeichnete Comics, auch »dojinshi« (jap. für »Zeitschrift von und für Gleichgesinnte«).

Das hier, bitte.
Aber gerne doch!
Seitdem denke ich mir meine eigenen Boys Love-Geschichten aus und zeichne sie.
Ah!
Zeichnest du schon wieder, Sae?
Zeig mal!
!

Sind das nicht unsere Jungs?
Gi... Gib's her...
Ahaha, sieht echt so aus!
Hey, hallo...?
»Ich liebe dich, Koshiba!« Ich lach mich schlapp!
Ihr sollt aufhören!
FLAPPSCH
Oh!
Was ist das denn?
Hat Sae das gezeichnet?
Ähm...
WRATSCH

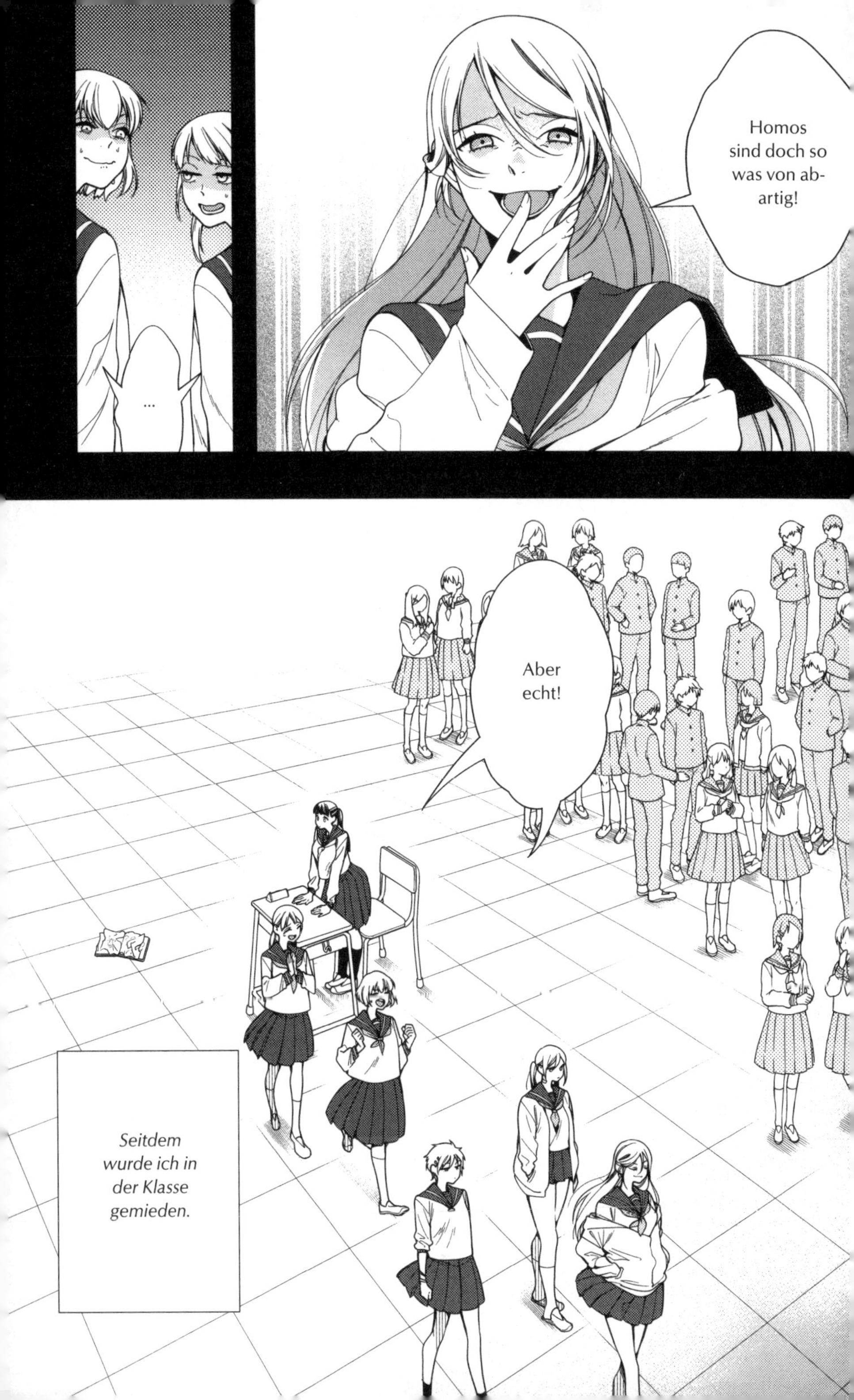
Homos sind doch so was von ab-artig!
...
Aber echt!
Seitdem wurde ich in der Klasse gemieden.

Hätte ich doch bloß nie so was gemalt!
Warum bin ich ausgerechnet eine Fujoshi geworden?
»Ich hasse diese Homos! Sie haben mir meine Freunde genommen!«
Dieser Gedanke hat ganze drei Tage gehalten.
Nach einer Woche dachte ich, ich könne irgendwie damit leben.
Allerdings würde ich alles daransetzen, in der Schule nicht als Fujoshi aufzufliegen.
Aber es ist gekommen, wie es kommen musste.
Heimlicher

Stehst du auf so was?
Ich wurde in flagranti erwischt!
Scheiße, Scheiße, Scheiße, Scheiße!
Ich brauch 'ne Ausrede!
?
Ich habe während der Oberschule nicht ein einziges homoerotisches Bild in meine Hefte gemalt.
Für meine Manga bin ich immer extra in weit entfernte Buchläden gefahren.
Ich hätte nie damit gerechnet, in einem Buchladen in Shinjuku jemanden zu treffen, den ich kenne.
Ich habe ihn angefleht, niemandem was zu erzählen. Er hat es mir versprochen. Trotzdem hatte ich Angst.
Ich hatte ja noch nie was mit ihm zu tun.
Woher hätte ich also wissen sollen, was in seinem Kopf vorging?

* Cafés, die in Kollaboration mit z. B. Anime-Studios für eine kurze Zeit Gerichte und limitiertes Merchandise basierend auf einer Serie anbieten.

Ich war mir sicher, dass das in die Hose gehen würde.
Meinetwegen.
?!
An dem Tag hab ich eh noch nichts vor.
Er hatte meine Einladung zwar angenommen und war mitgekommen...
... war aber die ganze Zeit so unbegeistert...
Aquarium
... dass ich gedacht habe, er hätte all das bereits satt.
Aber ich will auch nicht so tun, als hätte ich es verstanden...
... und dich nicht in irgendeine Schublade stecken, nur weil du eine Fujoshi bist.
...

Ich will es mir nicht leicht machen.
Ich will die Reibung nicht mit null gleichsetzen...
... und auch den Luftwiderstand kann und will ich nicht ignorieren.
AH!
Und prompt habe ich mich in ihn verliebt.

Aber ich hatte keine Ahnung...
PFIIIEH
... wie ich jetzt weiter vorgehen sollte.
Bisher hatte ich doch nur Augen für Homos!
Also habe ich meine Freunde aus der Schule um Hilfe gebeten...
... und wir sind zusammen in einen Freizeitpark gegangen.
Ich habe die Ratschläge meiner Freunde zu Herzen genommen...
... und mich aktiv um ihn bemüht.
Es schien ihn zwar zu nerven, aber er hat die Zeit trotzdem mit mir verbracht.
Und bevor wir zurückgefahren sind...
... habe ich ihm im Riesenrad meine Liebe gestanden.

Er hat mich ge-küsst...
... und wir sind zusammen gekommen.

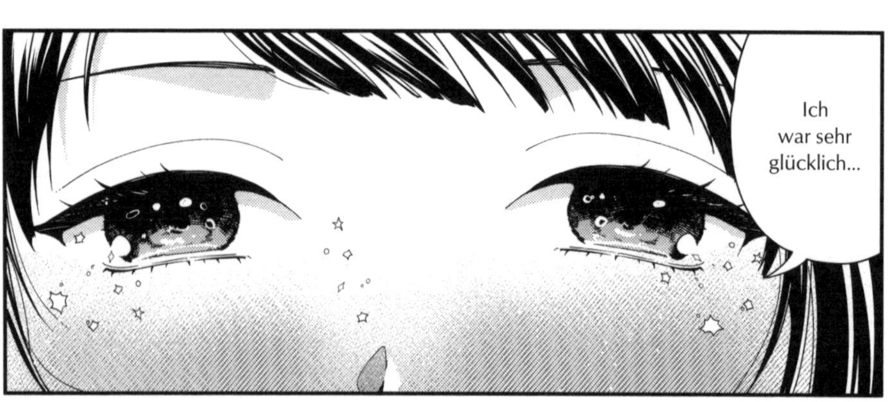
Ich war sehr glücklich...

Was Besseres hätte mir nie passieren können!
Ich war fest davon uberzeugt...
... dass ich jetzt alles erreichen könnte!
Aber mein Glück hielt nicht lange an.
Er konnte nicht mit mir schlafen...
... weil er keine Erektion bekommen hat.

TUSCHEL
Das hat unsere Beziehung getrübt.
TUSCHEL
TUSCHEL
Ich war am Boden zerstört.
Es ist sinnlos, Naooo!
Ich bin einfach hässlich!
So ein Quatsch!
Du bist süß und hast Riesenmöpse!
Aber als ich »keine Erektion Gründe« gegoogelt habe...
... habe ich auch Threads von Leuten gefunden, die große Brüste eklig finden...
1 Anonym 2019
zu groß geht gar nicht
2 Anonym 2019/0
same, turnt voll ab
kleine titten ftw
3 Anonym
Pfwaha! Was googelst du auch so 'nen Quatsch?
Jetzt mal im Ernst.
Haarknoten-Hansi
!
Vielleicht war er einfach nur nervös?
Das kann dann schon mal passieren.

Gewinne sein Herz noch diesen Sommer – trage einen Yukata!
Die Jungs lieben es!
Ich hab's!
Ja? Spuck's aus!
Wir hatten geplant, zu einem großen Onsen zu fahren, in dem man Yukata tragen würde.
Ich war wie besessen davon, ihn bei der Gelegenheit zu bezaubern.
Aber er hatte nicht mehr für mich übrig als ein paar dahingerotzte Floskeln.
Stattdessen...
HNN
MWAH
AH
HM

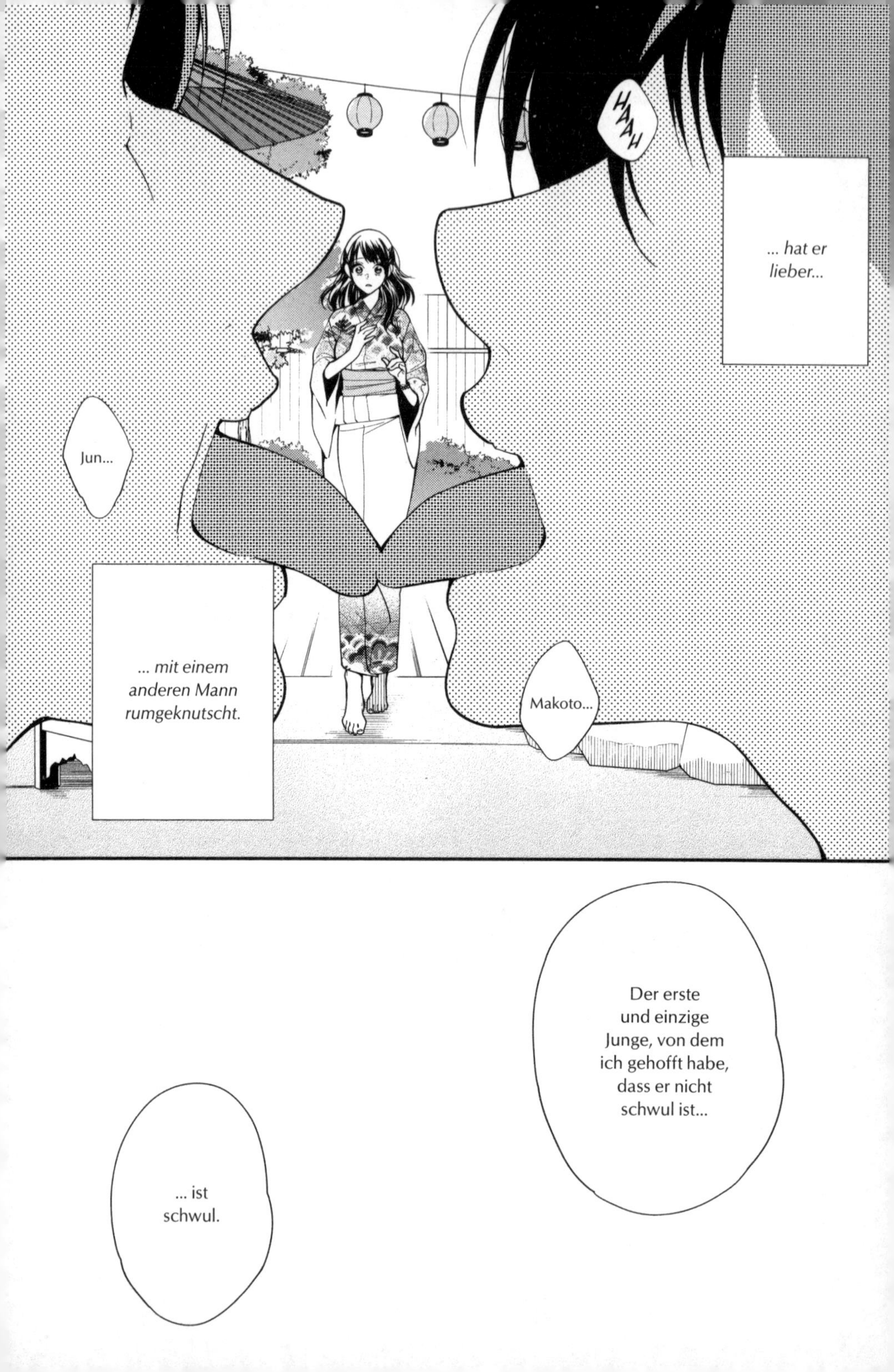
HAAH
... hat er lieber...
Makoto...
Jun...
... mit einem anderen Mann rumgeknutscht.
Der erste und einzige Junge, von dem ich gehofft habe, dass er nicht schwul ist...
... ist schwul.

Aber er hat...
... mit seinen eigenen Problemen zu kämpfen.
...
Er meinte, er wolle ein ganz normaler Junge sein und ein ganz normales Leben führen.
Daher hat er es mit mir versucht.
Er wollte sich selbst beweisen...
... dass er diese Rolle ausfüllen könnte.
Ich habe mich plötzlich so machtlos und hilflos gefühlt...
... und bin in Tränen ausgebrochen.
Den Rest kennt ihr ja.
In der ganzen Schule haben sich...
... die verschiedensten Gerüchte verbreitet.

Es geht um den Homo aus der C...
Ne, oder?!
BWAHAHAHA!
Bist du auch so 'ne Tucke?!
So ein widerwärtiges Pack!
Hört auf!
Der Typ, der neulich aus dem Fenster gesprungen ist, hat ein Mädchen voll mies ausgenutzt.
Wie blöd muss man sein, sich von so einem täuschen zu lassen?
Hört auf!
Homos haben's gut.
Können sich ungestört in Duschen oder Umkleiden aufgeilen.
Denen werden nie die Wichsvorlagen ausgehen.
Dafür beneid ich die ja schon.
Das ist doch Unsinn!
Wird der denn wieder zurückkommen?
Hoffentlich nicht!
Nachher hat er es noch auf meinen Freund abgesehen!
Jetzt hört endlich auf damit!

»Wir akzeptieren euch, wie ihr seid, aber ihr verkrümelt euch einfach.«
Auf diese Weise drückt ihr euch bloß vor eurer eigenen Verantwortung!
Ihr macht es euch viel zu leicht!
Aber Jun ist es, der am meisten darunter leidet!
Er wurde verletzt, er quält sich...
Und das nur, weil er homosexuell ist.
Jun ist...
Moment mal...
Geht es hier nur...
... um Jun?

Da ist mir klargeworden...
... dass ich mit euch sowohl über ihn als auch über mich reden musste!
Ich will, dass ihr alles versteht!
Meine Gefühle...
... und womit er zu kämpfen hat.
Er lebt schon sein Leben lang hinter einer durchsichtigen Mauer...
... durch die er uns beobachtet.
Dabei geht es ihm nicht um sich selbst...
... sondern darum, uns zu beschützen.

»Wenn ich rauskomme, bereite ich euch sicher Probleme.«
»Also werde ich euch die Welt einfach machen. So, wie wir die Reibung gleich null setzen. So, wie wir den Luftwiderstand ignorieren.«
»Ich werde so tun, als gäbe es mich nicht. Dann gibt es auch kein Problem, das man lösen müsste.«
»Also bleibe ich schön hinter dieser Mauer.«
So sieht es in seinem Inneren aus.
Er hasst sich selbst...
... und liebt uns.
Sae...
Aber...

Ich liebe ihn, wie er ist!
Ich...
... liebe ihn wirklich...
... sehr.

Uh...
Uhuu...
Bleib stark!
Wein doch nicht!
Du schaffst das!
Kopf hoch!
RAU
Du machst das super!
Halt durch!
Wir glauben an dich!

DATSCH
!
Jetzt ist aber Schluss!
Wie lange soll dieser Zirkus denn noch dauern?
Ich bin noch nicht fertig!
Ich habe noch mehr zu sagen!
Das hör ich mir im Direktorat an.
Mitkommen!
Ich will nicht!
Lassen Sie mich los!
Hör auf, dich zu wehren!
Oder willst du deine Noten gefährden?
SCHWUPP
?!

Finden Sie diese Drohung echt angebracht?
Yusu-ke...
Glauben Sie, dass wir uns das einfach so gefallen lassen?
Nicht du auch noch!
Das geht nun wirklich zu weit! Ihr könnt euch auf was...
STIIIER
Kh!

Juuuuuuuun!
Wie lange willst du da noch so dumm rumstehen?
!
Sie weint deinetwegen...
... und du schaust dir das einfach nur an?
Jucken dich die Tränen einer Frau etwa nicht, weil du auf Schwänze stehst?!

Sie wurde von dir getäuscht und ausgenutzt!
Sie hat es viel schlimmer erwischt als dich!
Wie willst du das wiedergutmachen?
Sag es mir: **Wie?**
...
Jun...
Jun!
Beweg endlich deinen Arsch...
... und bring das wieder in Ordnung!

Du bist doch ein echter Mann, oder etwa nicht?
Hah!

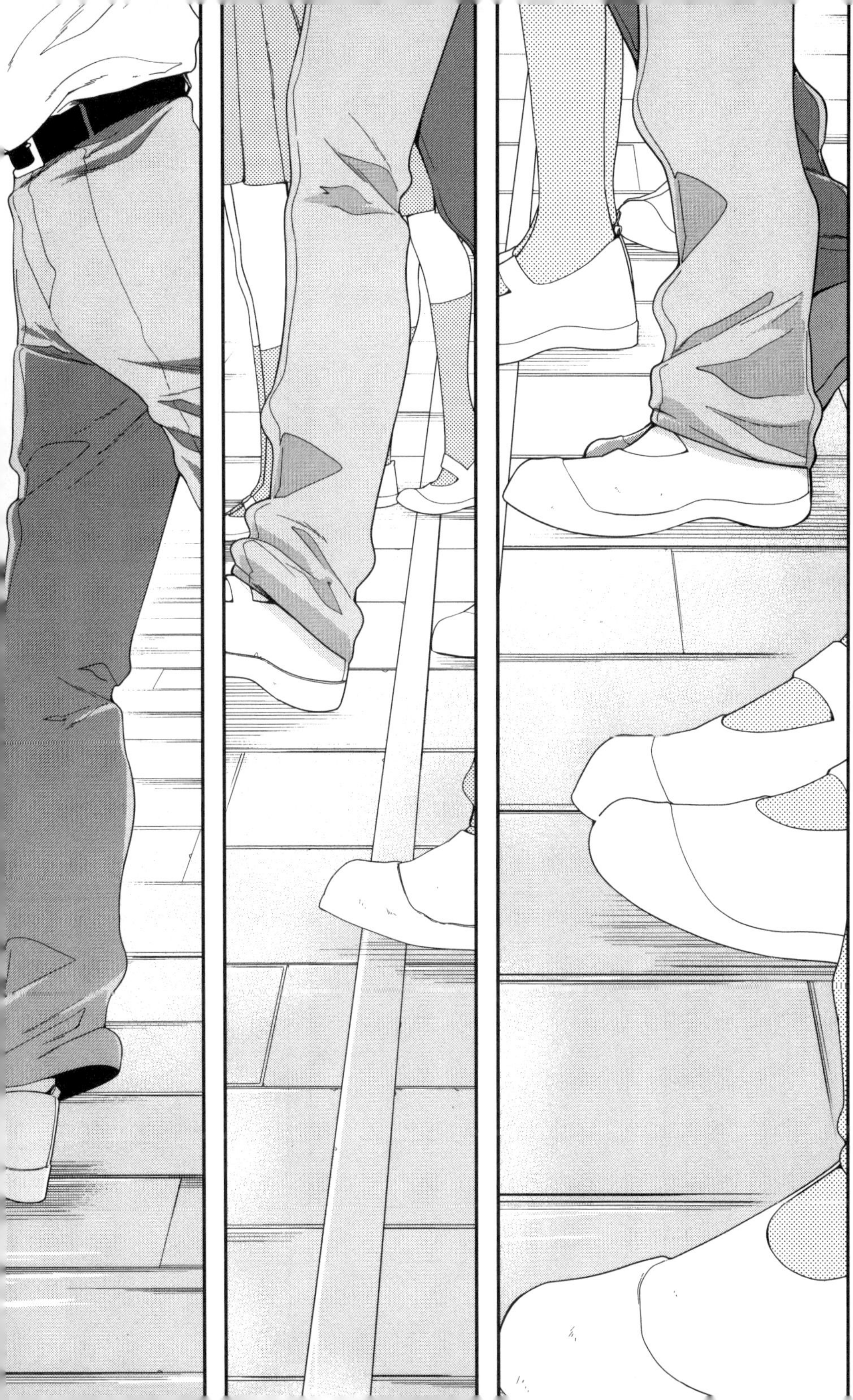

Es tut mir leid.
Und...
... ich danke dir.

Ich bin so froh, dass Jun gekommen ist.
Aber das Wichtigste...
Ich liebe dich, Jun.
Ich weiß.
... habe ich ihm noch nicht gesagt.
Dann...
... küss mich.
Äh...
...
Ich...

Ich liebe ihn wirklich.

Deswegen werde ich hier den Schlussstrich ziehen.

Aber das werde ich ihm noch nicht sagen.

Verzeih mir mein eigensinniges Verhalten.

Halt doch endlich die Klappe!

SHE LIKES GAY BOYS

BUT NOT ME

Kapitel 11

Du bist doch ein echter Mann, oder etwa nicht?
Wie kann man sich die Welt nur so leicht machen?
Wie?
Hah!
Wie konnten die anderen mich so pushen?
Ich dagegen habe nur gegrübelt und versucht, mir das Leben zu nehmen.
Jetzt kam ich mir vor wie der letzte Idiot!

SCHMIEG
Japp, mein Sensor zeigt immer noch keinerlei Reaktion.
Wie sollte es auch anders sein?
Dann küss mich.
Ich küsse sie, wenn sie mich darum bittet.
Eine simple Antwort auf eine simple Frage.
Aber welche Bedeutung...
... hat dieser Kuss?

Im Anschluss an diesen Aufruhr wurden wir ordentlich in die Mangel genommen.
Eine Strafe blieb uns aber erspart.
Schülerberatung
RATTER!!
Auf Wiedersehen.
!
Hey!
Ihr habt's überstanden!
Was ist mit Sae?
Bei ihr dauert's noch...
Für dich nimmt sie das alles in Kauf.
Sie...
... ist echt der Hammer!
Ryohei.

Als wir in der Turnhalle losgelaufen sind, hast du mir auf den Rücken geschlagen.
Dachtest du, ich merk das nicht?
Ah!
Sei nächstes Mal ein bisschen sanfter, okay?
Ja!
Versprochen!
Mit Wumms!
Pff!
Ha-ha-ha!
Hehe-hehe!
Jun.

eratung
Sorry...
... wegen allem.
Was soll denn diese Wischiwaschi-Entschuldigung?
Fertigt dies, jenes und solches einfach mit »allem« ab.
Ich kann dir nicht verzeihen.
...
Ich werde dir nicht verzeihen.

Wenn es dir wirklich leid tut...
... erzählst du uns jetzt, welcher Porno dich am meisten anturnt.
Wa...
WAAAAS?!
Ist doch nur gerecht, nachdem mein Geheimnis ja auch aufgedeckt wurde.
Genau!
Und du hast es auch noch weitererzählt, also beschwer dich nicht!
Aber...
Das...
Ma...

Magic...
... Mirror...
AAAH!
Was soll das sein?
Bei Magic Mirror geht es um Einwegspiegel.
Also Spiegel, die von ihrer Rückseite her durchsichtig sind, aber von vorne spiegeln.
In dem Porno gibt's 'nen LKW, dessen Anhänger rundum mit diesen Spiegeln ausgestattet ist. Der steht mitten in der Stadt und drinnen geht's zur Sache.
Dadurch sieht's so aus, als würden ihnen alle beim Vögeln zuschauen.
Das macht mich echt rattig.
Darauf muss man erst einmal kommen!
Die Auswahl an Pornos für Heterosexuelle ist riesig. Beneidenswert.
PATT

Sag bloß! Ist unser Yusuke etwa voyeuristisch veranlagt?
SCHNAUZE!
Hilfeee, Magic-Yusuke mobbt mich!
RATTER
Schieb dir dein Magic-Yusuke in die Kimme!
Da bist du ja, Sae!
Yo.
Hh!
Ich seh dir genau an, was du gerade denkst, Sae.

Ryohei und Yusuke mussten zu ihrem jeweiligen Klub.
Sae und ich haben uns gemeinsam auf den Heimweg gemacht.
Deine Eltern wurden für morgen in die Sprechstunde gebeten, richtig?
Wird das gut gehen?
Die Sache mit dir ist kein Problem, aber dass ich eine Fujoshi bin...
Die werden mir sicher BL-Verbot erteilen!
Papa
Papa hat mir vorhin schon 'ne ellenlange Nachricht geschickt...
Vitamin-BL sind für mich unerlässliche Nährstoffe!
Das brauche ich, wie die Luft zum Atmen!
Vergiss es!
Na, wenn das so ist...
Außerdem hat es der Summer of Boys Love so richtig in sich!
Da folgt ein Event auf das Nächste!

Oh!
Ach ja!
Kommst du wieder mit?
Jetzt hast du bestimmt mehr Spaß dabei!
Hmm...
Mir wäre es lieber, wenn du mich mal wohin begleitest.
Hm?
Es gibt einen Ort, an den ich gerne möchte.
Kommst du mit?
...
Aber du musst nicht.
Ich will aber!
Wo...
... soll es denn hin-gehen?
Ans Meer.

Oh!
SCHEPPER
Local 16:30 MINAMI-FUNABASHI
Rapid 16:42 TOKYO
Nicht schon wieder...
16:30 MINAMI-FUNABASHI
16:42 TOKYO
Hoffentlich ist er noch ganz...
!
Hier, bitte.
Du bist doch...
Hast du gehört...
... dass es in der Elften einen Homo gibt?
Du erinnerst dich an mich...?

Das, was ich damals gesagt habe, tut mir wirklich leid!
!
...
Hast du mich extra dafür abgepasst?
Ja...
Aber nicht nur deswegen.
Ich...
... bin auch...
!

Ich quäle mich damit schon mein Leben lang. Ich weiß, wie schrecklich es ist...
... und trotzdem habe ich so gemeine Sachen über dich gesagt!
Seitdem verfolgt mich der Gedanke, dass meine Worte dich dazu getrieben haben, zu springen.
Ich habe es die ganze Zeit bereut!
Aber dich heute so zu sehen...
...
... hat mir Mut gemacht. Ich weiß, es ist egoistisch von mir, aber...
Ich möchte mich bei dir bedanken.
Du warst es, der damals das Thema Homosexualität angeschnitten hat, oder?
Ja...
Dann bist du in den Jungen, mit dem du zusammen unterwegs warst, verliebt?
?!?!?!
WUSCH
Du wolltest rausfinden, wie er auf das Thema reagiert.
Hab da auch meine Erfahrung.

Helfen wir ein-ander.
Wenn wir uns 100 Unterstützer wünschen...
... und 10 erhalten, ist das schon viel wert.
Wenn wir das Leben zu ernst neh-men, gehen wir daran kaputt.
Das habe ich...
... heute gelernt.
Alles klar!

TAPP
Jun, Essen ist fertig!
KWIEH
Ich komme!
Ach ja, du musst morgen ins Krankenhaus, nicht wahr?
Zuletzt vor Tagen gesehen | Katalog | Suche
Personen, Gruppen & Nachrichten
Neuer Chat
Jun
Mr.
Ich liebe dich
Ja.
Ich komm dich am Sonntag besuchen.
Ich werd endlich den Gips los!
Nachricht eingeben
Wird auch langsam Zeit, was?

* JR Bahnhof Ueno

Du läufst heute echt feminin rum!
Wie eine junge Dame, die den Sommerurlaub genießt.
Und? Seh ich nicht süß aus?
Ich glaube schon?
Du glaubst?
Ich hab ja kein Interesse an Mädchen...
... daher fällt es mir schwer, das zu beurteilen.
Wie soll ich sagen? Die Unterschiede sind zu gering...?
SCHWUMM
Wie bei mehreren Hunden derselben Rasse. Ich kann sie optisch nicht auseinanderhalten, aber Hunde sind grundsätzlich niedlich.
Genauso geht es mir bei Mädchen auch.
Ich sehe keinen Unterscheid zwischen dir oder irgendwelchen Popsternchen. Aber ich finde, ihr seid beide süß.
...
JR
中央改札
Central Gate
Das macht mich jetzt nicht wirklich glücklich.

Achtung, Zug fährt ein. Bitte bleiben
e hinter
Linie.
Das ist so richtig ausflugig, findest du nicht?
Dein Vokabular ist echt schräg.
Hach ja, du und dein loses Mundwerk!
Stirbst du, wenn du nicht gemein sein kannst?
...
HNG
Sag mal, warum hast du mich heute eigentlich mitgenommen?
So läufst du Gefahr, dass ich dich weinen sehe.
Ich...

Ich werde heute...
... nicht weinen, denke ich.
...
Er hat den Tod selbst gewählt.
Und auch wenn unsere Gründe verschieden sind, habe ich es ebenfalls versucht.
Daher kann ich ihn dafür nicht verurteilen.
Es gibt solche und solche Menschen, die diese und jene Entscheidungen fällen.
Ich habe mich mit seinem Tod abgefunden...
... und mir kommt keine einzige Träne.
Ich würde mich...
... nur wieder verabscheuen.

Aber wenn du dabei bist, bleibt mir das eventuell erspart.
Deswegen hab ich dich mitgenommen.
Während meines Coming-Outs hat Sae...
...
... um ihre Gefühle für mich geweint.
Sie verabscheut mich nicht.
Sie hat nur beklagt, dass ihre Gefühle nicht erwidert werden, und um sich selbst geweint.
Sie tat mir leid.
Aber...
... es hat mich glücklich gemacht.
Wenn du keine Tränen rausbringst, kann ich dich so lange hauen, bis du weinst?
Danke, ich verzichte.
Nächster Halt: Hitach
Bitte links ussteiger

Das ist irgendwie...
... so richtig meerig!
Du solltest echt mal dein Vokabular erweitern.
Dann demonstriere mir mal dein Vokabular.
Wenn ich bitten darf?
...
»Meerig« passt schon.
Zieh nur den Schwanz ein.
Ich mag ein mickriges Vokabular haben, aber ich begreife schnell, was Sache ist.
...
Los, trödel nicht so rum!

Lass uns gehen, Jun!
Sie hat mich um den Finger gewickelt...
... und weiß genau, wie sie mit mir umgehen muss.
Jaja...
Das wurmt mich schon ein wenig...

Wir sind da.

Das ist sein Zuhause.

Sae...
Wie würdest du das jetzige Gefühl mit deinem mickrigen Vokabular beschreiben?
Ganz schön hausig!
Danke.
Das war so blöde, dass es mir Mut gemacht hat.
...
Puuh...
DING
DONG

TSCHACK
Ja?
!
Hh!
Die Sache mit »Queen II«,
um die ich dich gebeten
habe, ist mit meinen Eltern
abgesprochen.
Hallo.
Ich bin hier, um die CD Ihres Sohnes abzuholen.

…
…
…
Okay.
Einen Moment.
!
RATTER
RATTER
RATTER

...
Du musst...
... Jun sein.

Er meinte, du wärst sein Freund, den er im Internet kennengelernt habe.
Ja, genau. Freut mich!
Verzeih, aber...
... wer ist das Mädchen?
Ah!
Ich bin seine Freundin!
Er hat aber gesagt...
... Jun wäre schwul.
Also nicht Freundin-Freundin, eher
Sae...
Halt bitte kurz die Klappe.
Ich bin schwul.
Aber ich wollte ein heterosexu-eller Mann werden...
... also habe ich versucht, mich zu ändern, indem ich eine Beziehung mit einem Mäd-chen führe.

Aber das hat mir nur klargemacht, dass ich homosexuell bin und sich mein Wunsch niemals erfüllen würde.
...
Dennoch ist sie an meiner Seite geblieben.
Sie bedeutet mir sehr viel, daher habe ich sie mitgenommen.
Ihr Sohn weiß ebenfalls über sie Bescheid.
...
Wie...
... kannst du dir so sicher sein, dass sich dein Wunsch nicht erfüllt?
!
Geh mit ihr.
Du sagtest, sie bedeute dir sehr viel?

In dem Fall wärst du doch ein normaler, heterosexueller Mann, oder etwa nicht?
Nein.
Die Liebe, die ich für einen geliebten Mann empfinde...
... ist nicht vergleichbar mit der Liebe, die ich für sie empfinde.
Aha...

Man kann das...
... nicht heilen.
Ich wurde so geboren!
Es gibt weder Ursachen noch Auslöser, die man behandeln könnte!
Wenn es ginge...
Wenn es heilbar wäre...
... hätte ich es längst getan!
Wirklich?
Du konntest also nicht geheilt werden.
Ah!

* »Befruchtung im Glas«. Assistierte, extrakorporale Befruchtung im Labor.

Ein richtiges Leben?!
Damit deklariert sie uns als vom Weg abgekommene Menschen!
Unser Sohn...
... hat unseren Worten keinerlei Beachtung geschenkt.
»Als würden wir mit einem Alien reden.«
Mein Mann wurde wütend, weil er einfach nicht hören wollte.
»Wo bleibt dein Respekt gegenüber deinen Eltern?«, schrie er ihn an.
»Warum tust du uns das an?«...
... brachte ich unter Tränen hervor.

Tag...
... für Tag...
... immer wieder das Gleiche.
Seine Eltern zeigen keinerlei Verständnis.
Damit hatte Mr. Fahrenheit zu kämpfen?
Hach...
Letztendlich haben seine Eltern...
... dafür gesorgt, dass die Kluft zwischen ihnen...
... immer tiefer wurde.

Aber...
... am meisten...
... hat er darunter gelitten, nicht wahr?

Jun.
Ich möch-
te...
... dass du
meinen
Sohn ken-
nenlernst.
Wir haben
sein Zimmer
so gelassen,
wie es war.
Die CD,
für die du
hier bist, ist
auch dort.
...

Das ist sein Zimmer.
Bitte.
Soll ich die Tür etwa selbst aufmachen?
SCHUCK
KNARR

Ich wollte dich unbedingt kennenlernen!
Für mich warst du eine Gottheit.
Und gleichzeitig wollte ich genau das nicht.
Bist mir ja ein schlimmer Finger! Reißt dir alles zwischen Oberschülerinnen und bodenständigen Männern unter den Nagel!
Schaffe deine eigene Normalität, die mehr dir selbst entspricht
Ich wollte nicht wissen...
... dass du atmest, Dinge isst oder mit anderen Menschen sprichst.
Yo!
Du solltest für mich...
... nicht zu einem gewöhnlichen Menschen werden!
Verstehe
Was gibts?
Puuuh...

Ich komm jetzt rein.
Mr.
Nur zu.
TSCHACK

WOMM
Das kann nicht sein...
Sag, dass das nicht wahr ist!

SHE LIKES GAY BOYS

BUT NOT ME

SHE LIKES GAY BOYS

BUT NOT ME

Kapitel 12

Mr.
Hey, Jun!

Mr.
Schön, dass du gekommen bist.
Sag, dass das nicht wahr ist!
Das glaub ich jetzt nicht!
Das kann nicht sein!

Stundenplan 9. Klasse
Stunde
Mo
Die
Mi
Do
1
2
3
4
5
6
7
Mathe/GS
GS/Mathe
Bio
Jap
Soz
Eng
Zfu
GS/Mathe
Sport
Bio
Soz
Mathe/GS
Jap
Musik
Sport
GS/Mathe
Soz
Lit
Ethik
Jap
Kunst
Mathe
Mathe/GS
GS/Mathe
Sport
Gesellschaft | neu Sozialkunde
Gesellschaft | neu Geografie
Naturwissenschaften | neu 9. Klasse
Sozialkunde | Heimat und die Welt Mittelstufe
Geschichte Mittelstufe Kennen und Verstehen
Japanisch Mittelstufe Wissen vertiefen 9. Klasse
Geografie Arbeitsheft Japan
Prüfungsvorbereitung Prüfungsfragen genau erklärt!
Grundwissen Sozialkunde 9. Klasse Training

Er ist noch...
... Mittel-schüler...
... gewesen?!

Ich hab's dir doch gesagt!
... Ah ...
Mr.
Dass vielleicht alles, was ich gesagt habe, eine Lüge war.
Aber...
... das kann nicht sein!
Er war vierzehn Jahre alt.
!

Im Mai wäre er fünfzehn geworden.
Kh!
Wir haben uns...
... sogar an seinem Geburtstag gestritten.
Mein Mann und ich haben ihn gebeten, von diesem Tag an ein neues Leben als heterosexueller Junge zu führen.
Er warf uns daraufhin vor, dass das Schlimmste, was ihm in seinem Leben je passiert ist...
... war, dass wir ihn zur Welt gebracht haben.

Mein Mann hat ihn geschlagen...
...
Ich habe geweint...
...
Unter Tränen...
... ha...
... habe i...
... habe ich...
... habe ich...

... ihm gesagt, ich hätte mir auch lieber...
... einen »normalen Sohn«...
... gewün...
Uuh...
Uhuu...

Uuh...
Uh...
Aah...
Uuh...
Hick
Ich erinnere mich daran...
... dass deine Ausdrucksweise immer recht zynisch und gekünstelt war.
Kein Zweifel, sie steht auf dich.
Jun.
Worte alleine reichen ni
»Liebe« zu beschrei
Wenn du es schaffst, als Heterosexueller zu leben, passt doch alles.
Jun.
ndest du mich widerlich?
Deine Worte haben sehr viel in mir bewirkt.
nach. Du hast noch genug
Zeit.
Aber wenn ich sie dasselbe frage...
Was macht eine »normale Beziehung« für dich aus? Wie definierst du sie?
Was soll das denn jetzt?!
Kindische Frage!

Damals dachte ich mir nur…
»Hast du das gehört, Mr. Fahrenheit?«
Ich habe bezweifelt, dass Sae dich…
… über den sie nichts wusste, verstehen würde.
Und ich fand ihre Aussage nicht einmal ansatzweise korrekt.
Du…
… Volltrottel!

Wie konnte ich dir das alles einfach so abkaufen?!
Du Idiot!
Du hast so schlau getan und auf jede Frage prompt eine Antwort gehabt.
In meiner Vorstellung verlässt du dein Zimmer hoch erhobenen Hauptes und hast für andere nur ein müdes Lächeln übrig!
Wie konntest du nur so blöd sein?!
Dafür kriegst du null Punkte!
Ich hätte genug Zeit gehabt, herauszufinden, wer du bist.
Und ich hatte genug Gründe, an dir zu zweifeln.
So wie ich...
... hattest du doch sicher auch etwas, für das du leben wolltest.
Ganz sicher.
Und trotzdem hast du...

Warum?
Das wahrlich Entsetzliche daran ist nur, dass es eine Bezeichnung dafür gibt, die es den Menschen erleichtern soll.
Menschen machen sich die Welt so leicht wie möglich, damit sie sie verstehen.
Es ist okay, sich alles, was einen selbst betrifft, so leicht wie möglich zu machen.
Ich habe dich...
... bewundert...

Mr.
Bist mir ja ein schlimmer Finger! Reißt dir alles zwischen jungen Mädels und älteren Männern unter den Nagel!
Mr.
Schon vergessen, dass wir einen hervorragenden Sensor haben?
Mr.
Die Liebe, bei der er hart wird.
Mr.
Und die Liebe, bei der er schlaff bleibt.
Für mich warst du...
... so cool...

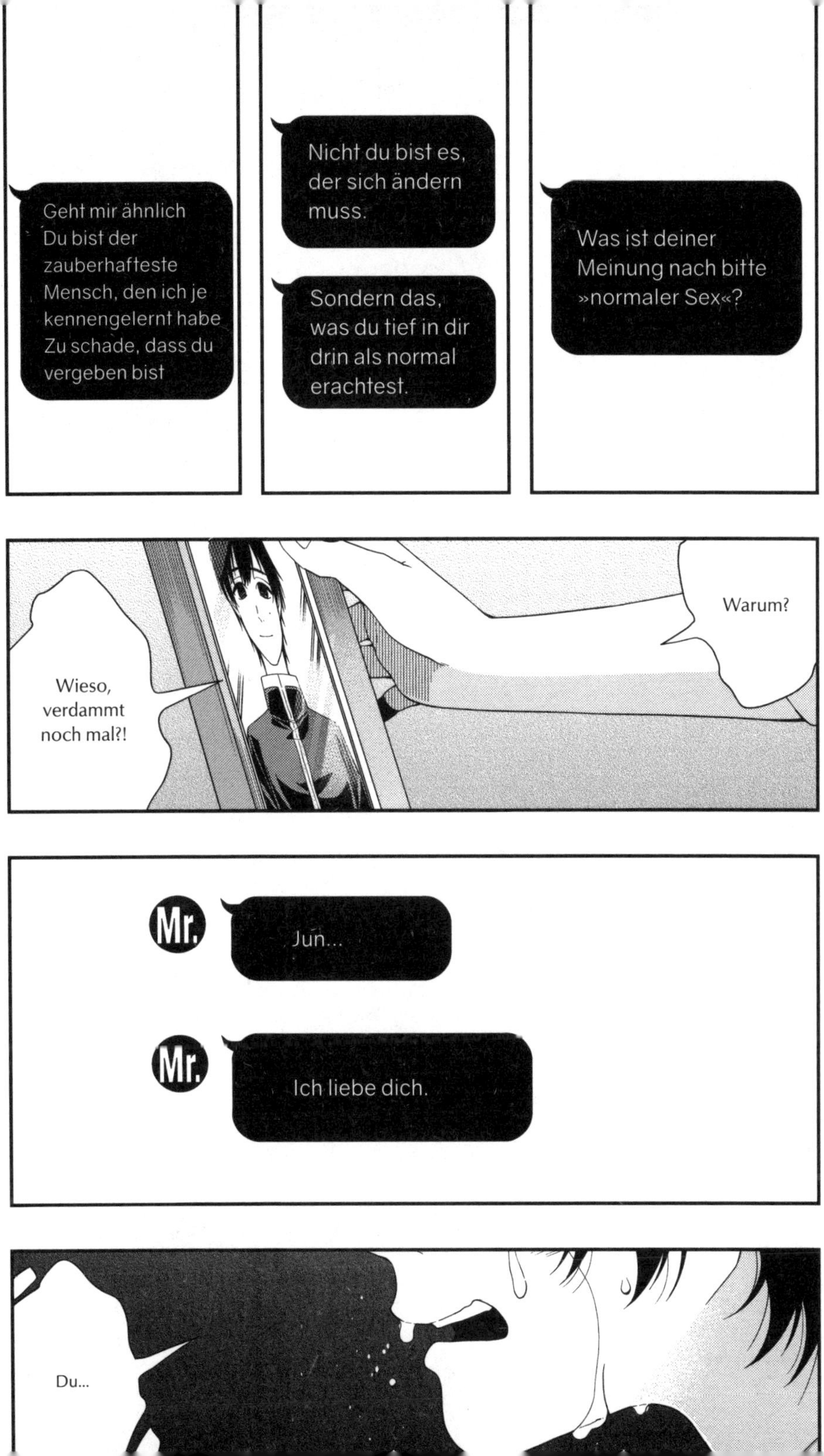
Was ist deiner Meinung nach bitte »normaler Sex«?
Nicht du bist es, der sich ändern muss.
Sondern das, was du tief in dir drin als normal erachtest.
Geht mir ähnlich Du bist der zauberhafteste Mensch, den ich je kennengelernt habe Zu schade, dass du vergeben bist
Warum?
Wieso, verdammt noch mal?!
Mr.
Jun...
Mr.
Ich liebe dich.
Du...

... bist doch...

... selbst noch ein Kind!

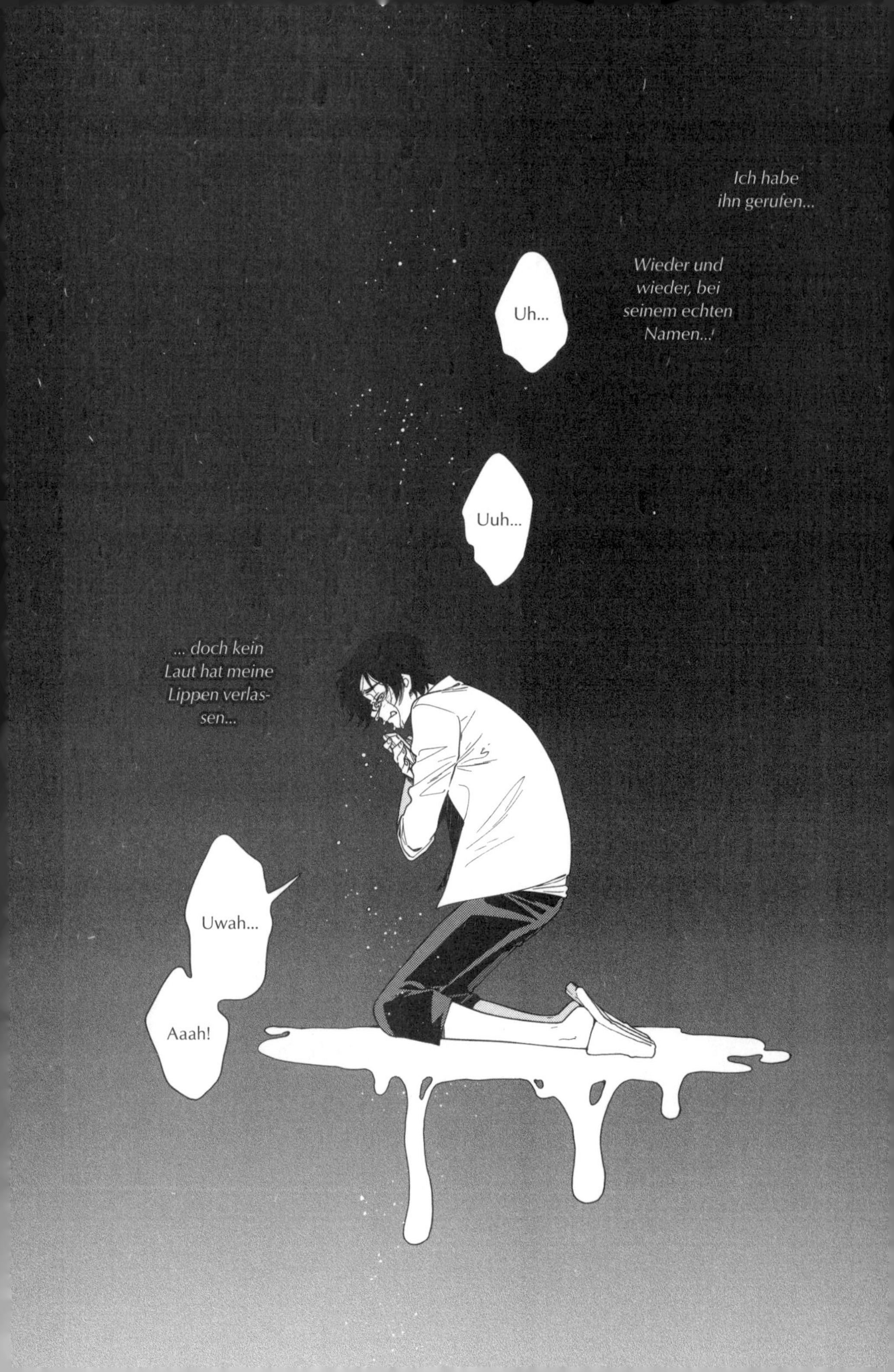
Ich habe ihn gerufen...
Wieder und wieder, bei seinem echten Namen...!
Uh...
Uuh...
... doch kein Laut hat meine Lippen verlassen...
Uwah...
Aaah!

Warum sind wir denn so schnell gegangen?
Gibt es denn nichts, was du sie noch fragen wolltest?
Queen II
Doch...
Natürlich wollte ich mehr über Mr. Fahrenheit erfahren.
Aber...
... sie so zu sehen...
... gab mir das Gefühl...
... dass ich nicht fragen dürfte.

Sobald ich zu Hause bin, werde ich mich bei Mama entschuldigen.

日立東平霊園
Irgendwie so...
... grabig hier!
Du hast 'nen Narren an dieser Wortwahl gefressen, ich merk's.
Vielleicht werd ich noch Trendsetterin!
Träum weiter.
Hast ja recht...

Wir sind da.
Das ist das Grab.

Ich weiß, man soll nicht schlecht über Tote reden, aber...
... ich komm einfach nicht drauf klar, dass er Hand an einen Jungen gelegt hat...
... der noch so jung war!
In BL-Manga kommt so was doch auch vor.
Auf dem BL-Planeten gibt es nur erwachsene Männer!
Ein verrückter Planet...
Findest du das etwa okay?
Dir ist schon klar, dass du das einen Oberschüler fragst, der was mit einem verheirateten Mann hat?
Glaubst du, ich hätte das Recht dazu, irgendwen dafür zu kritisieren?
Wohl eher nicht.
...

Ich bin mir sicher...
... dass er ihn schon geliebt hat, bevor er es ihm gestanden hat.
Unsere Suche nach der Liebe beginnt damit, jemanden zu fin-den, der unsere Liebe überhaupt annehmen würde.
Aber er versuchte es gar nicht erst.
Eine Liebe, die nichts weiter als ein starkes Gefühl ist, trägt in der Regel keine Früchte.
Und wenn einer wie er dann...
... von dem Menschen, den er schon die ganze Zeit liebt, ein Geständnis bekommt...
Wenn so etwas ge-schieht...

... kann ich schon verstehen, dass man sich...
... vor Euphorie...
... nicht mehr beherrschen kann.
...
Vielleicht hast du recht.
Kümmern wir uns ums Grab.
Ja.

Ich habe mein Verspre-chen...
... an Mr. Fahren-heit erfüllt.
Gut, jetzt können wir nach Hause fahren.
?
Haaaaah!
Das kommt überhaupt nicht infrage!
Ich bin jetzt total depri!
Wieso nicht? Wir haben alles erledigt.
Schon vergessen, was du mir versprochen hast?
?
Du hast gesagt...
... wir fahren ans Meer!

Ob die Verstorbenen, die wir heute besucht haben...
... auch so wie wir jetzt zusammen die Abendsonne genießen?
Ich denke schon.
Er meinte einmal, sie würden das Meer überqueren und heiraten.
Ach so?
Hoffentlich können sie...
... im Himmel zusammen sein.
Ja, hoffentlich.

Sag mal...
Was ist eigentlich dein Lieblingssong...
... von Queen?
Hab ich dir das nie gesagt?
Nö.
Oh...
Dann...
... zeig ich ihn dir am besten gleich.
!
Danke!

Nach und nach drang der Klang der Wellen...
... und Freddies sanfter, qualvoller Gesang...
... in mein Inneres durch...
Wie heißt dieser Song?
»Love of my Life«
Es geht um Trennung.
Wenn man sich von jemanden trennen muss, den man so sehr liebt, dass man so ein schönes Lied über ihn singen kann...
Unter Männern muss das wirklich hart sein...
Du bist mal wieder in deiner Fujoshi-Welt abgetaucht. Sorry, dass ich dich da enttäuschen muss, aber...

... in dem Song geht es um seine geliebte Mary Austin, eine Frau.
Ich hab dir doch erzählt, dass er eine Freundin hatte.
Ja, schon...
Aber ich dachte, er könne halt auch mit Frauen, obwohl er schwul ist.
Wenn er sie wirklich so sehr geliebt hat...
... muss er doch bi gewesen sein!
Mary behauptet jedenfalls felsenfest, dass Freddie schwul war.
Nachdem sie sich getrennt haben, hat Mary einen anderen Mann geheiratet und Kinder bekommen.
Freddie und Mary blieben aber enge Freunde.
Ihre Beziehung hatte Höhen und Tiefen...
... aber ihre Seelen waren fest miteinander verbunden.
...
...
Verstehe...

Sae...

Ich...
... werde die Schule wechseln.
!
In den Sommerferien werde ich nach Osaka ziehen.

Ich laufe nicht weg.
Es ist eher ein Selbsttest.
Ich will wissen, was ich an einem Ort, wo ich nichts und niemanden kenne, erreichen kann.
Deswegen...
Jun!
Wir...
... sollten uns trennen.

…
Hä?
Na, Fernbeziehungen gehen doch eh in die Hose.
Außerdem geht die Badesaison los.
Auf deine sarkastischen Bemerkungen kann ich da gut und gerne verzichten.
Charme ist bei dir total Fehlanzeige.

Kapiert?
Ich habe dich abser- viert!
Entschul- dige...
Okay, machen wir Schluss.
Ich geh kurz...
... auf die Toilette...
...
Kh!

Sie hat mich abserviert
Hab's gesehen. Es kam, wie es kommen musste.
Wie gemein!
Kannst du mich nicht einfach trösten oder so?
Hast du das echt von mir erwartet?
Quatsch, ich kenn dich doch.

Mr.
Ziehst du jetzt unter allem einen Schlussstrich?
Mr.
Vergiss nicht, dass du noch eine wichtige Sache vor dir hast.
Werd ich schon nicht.
!
FLATTER
Ich weiß doch selbst...
... dass ich noch etwas zu erledigen habe.

Bye-bye...
... Mr. Fahrenheit.

SHE LIKES GAY BOYS
BUT NOT ME

SHE LIKES GAY BOYS
BUT NOT ME

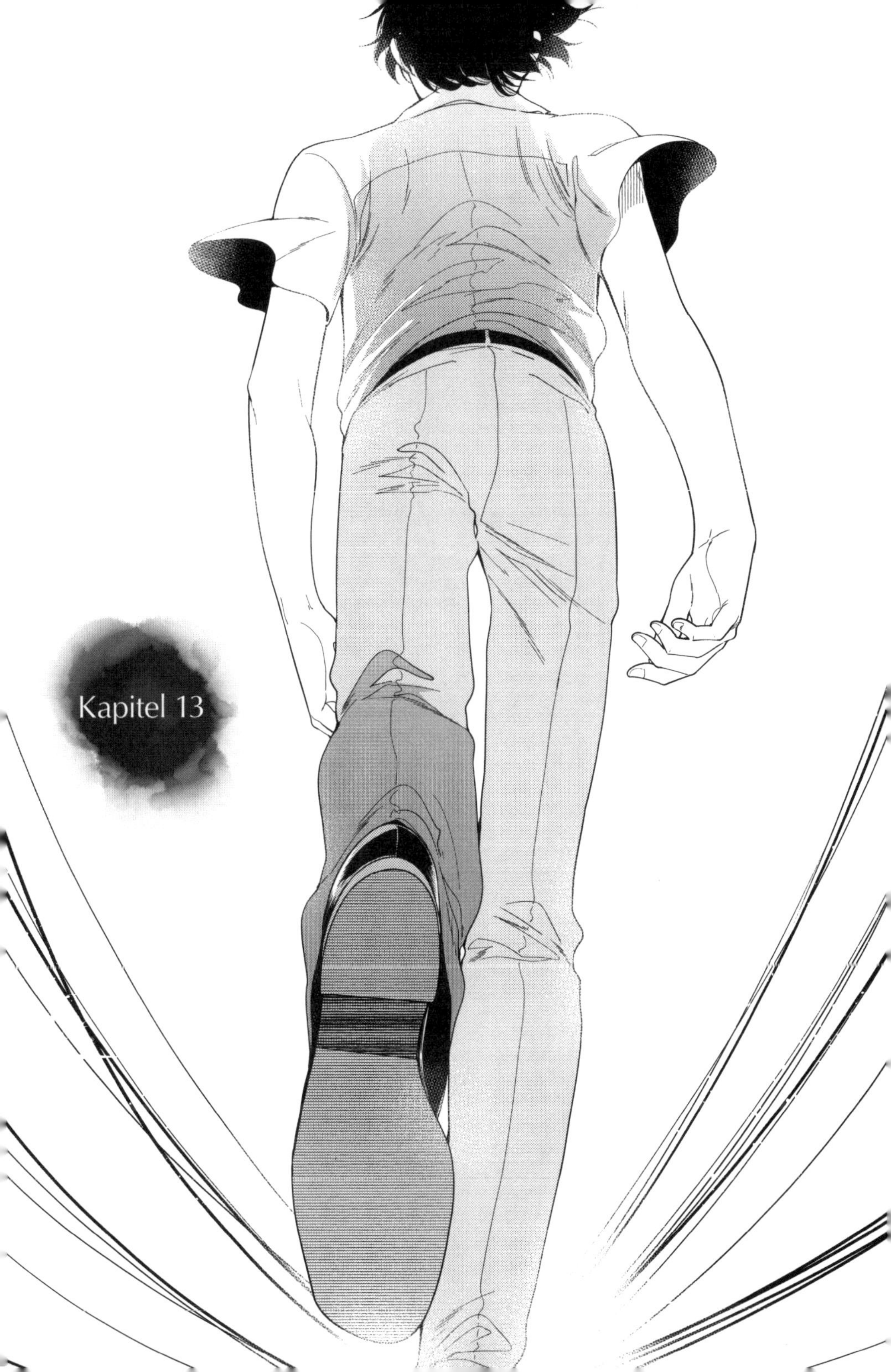
Kapitel 13

* Bahnhof Shinjuku

Der Tag meiner Entscheidungsschlacht.
Was das wohl für eine Pflanze ist?
Das ist Lotus.
Sie sollten bald blühen.
Lotus blüht im Sommer. Ein wundervoller Anblick, wenn die Teiche in voller Blüte stehen.
Du kennst dich ja gut aus!
Pflanzen sind mein Hobby.
Seit meiner Schulzeit pflege ich meinen eigenen Gemüsegarten.
Wow, damit hab ich nicht gerechnet!
Das krieg ich oft zu hören.
Das hier ist ein Treibhaus, daher spielen Jahreszeiten keine Rolle.
Aber es hat was, Pflanzen zu sehen, die zu dieser Jahreszeit gar nicht mehr blühen sollten.
...
Damit wurde der Menschheit ein Gefallen getan.

Er wirkt so vergnügt, wie er über die Pflanzen spricht...
Ich wünschte, ich hätte diese Seite von Makoto...
... früher kennengelernt.
Jetzt...
... ist es zu spät.
Jun...
... kommst du mich im Herbst besuchen?
ZUCK
...

Ich zahle dir auch die Fahrtkosten.
Ein Tokyo-Urlaub sozusagen.
...
Ich spüre die Anzeichen eines Konflikts...
Bisher habe ich nur gesagt, dass ich umziehen werde.
Und alles, was er dazu sagte, war...
»Dann werde ich noch vereinsamen...«
Was wird aus uns?
Was sind deine Zukunftspläne?
Darüber haben wir kein Wort verloren.

Seit wir uns kennen...
... haben wir...
... das Thema Zukunft immer gemieden.
Bis heute.
Ich will weg hier!
Kann sich das nicht einfach im Sand verlaufen?
Stimmt was nicht, Jun?
Ich hab keinen Bock, mich mit der Zukunft auseinanderzusetzen.
Aber wenn ich es nicht tue...
... würde ich es sicher...
... mein Leben lang...
... bereuen.

Makoto...
... das mit uns ist vorbei.

...
Jun...

Erinnerst du dich...
... an die Geschichte der feigen Fledermaus, die ich mal erzählt habe?
Das war an dem Tag, als wir es ohne Gummi getrieben haben.
Damals hat er schwule Männer in heterosexuellen Ehen mit Fledermäusen verglichen.
Ja.
Ich frage mich, ob die Fledermäuse...
... wirklich feige sind.
Sie haben keine scharfen Krallen wie die Bestien und auch keine Schnäbel wie die Vögel.
Wie man es auch betrachtet, sie sind schwach.
Hätten sie nicht zu diesen Methoden gegriffen, könnten sie nicht überleben.
...
So war es...
... in meiner Generation.

Damals war man Homosexuellen gegenüber nicht so aufgeschlossen wie heute.
Es war selbstverständlich, dass man heiraten würde. Homosexuelle Menschen galten als ein schlechter Scherz. Ein Unfall.
Trotz allem habe ich mich nur in Männer verliebt.
Wie sehr ich mich auch gequält habe, eine Lösung habe ich nie gefunden.
Und so bin ich ins Berufsleben eingestiegen und habe meine Frau kennengelernt.
Sie hat die Initiative ergriffen und sich mir genähert...
... und ich habe darauf zu meinem eigenen Wohl reagiert.
Mir war klar, dass das egoistisch war, aber...
Ich wollte eine Familie.
Ich wollte das ganz normale Glück, egal wie.
Genau wie ich...
Mit dem winzigen Unterschied...

... dass er bei einer Frau eine Erektion kriegen kann.
Bei unserer Hochzeit haben wir vor den Göttern ewige Liebe geschworen...
Ihrem Vater habe ich geschworen, sie glücklich zu machen.
Ich habe versucht...
... sie zu lieben.
...
Ich habe es...
... wirklich versucht!

Ein Jahr später war sie schwanger.
Ich konnte meiner Frau gegenüber keine Liebe empfinden und es auch nicht sein lassen, mich mit Männern zu treffen.
Ich hatte Angst, mein Kind auch nicht lieben zu können.
Aber kaum habe ich meinen Sohn im Arm gehalten, waren diese Sorgen verflogen.
Für mein Kind würde ich sogar sterben.
Da hatte ich keine Zweifel.
Ich war nicht länger ein Mann. Ich war ein Vater.
Ein Lebewesen vollkommen losgelöst davon, ob ich nun auf Männer oder auf Frauen stand.
So habe ich damals gedacht.
Doch...
... als mein Sohn in der Mittelschule war...
... ist es zu einem Vorfall gekommen.
!

Verlauf
Kürzlich ge
porno unze
girl group f
girl group u
group
mi mo
Wir haben damals alle denselben Computer genutzt. Eines Tages ist mir aufgefallen, dass mein Sohn nach Pornos gesucht hat.
Normalerweise würde man sich daran erinnern, wie man das selbst in dem Alter getan hat. Er wurde eben erwachsen.
Aber mich hat das...
... sexuell erregt.
Geht's noch?!
Er kann doch gar nicht Objekt meiner...
Das ist doch krank!
Im Kopf war ich mir im Klaren darüber...
... aber ich konnte meinen Sohn fortan nur noch als Mann sehen.
Ich war nicht länger nur ein homosexueller oder heterosexueller Mann.
Diese Rollen hatte ich hinter mir gelassen.
Alles, was ich noch war, war ein perverser, alter Sack.

Ein Perver-
ser...
Für uns gibt es keine schlimmere Bezeichnung als diese.
Und Makoto...
... bezeichnet sich selbst so...
Ich habe mich wieder mit Männern getroffen...
... und...
... dich kennen-
gelernt.
Du warst die beste Medizin, die ich mir hätte wüschen kön-
nen!
Mittlerweile versteh ich nicht einmal mehr, wie mich mein Sohn sexuell erregen konnte.
...
Aber...
... diese Medizin war fast zu gut.

Erinnerst du dich daran, wie wir uns im Onsen geküsst haben?
Damals war es mir egal, ob uns meine Frau oder mein Sohn sehen würden.
Ich hätte sie ohne zu zögern verlassen, um mit dir zusammen bleiben zu können.
Solche Gedanken sind mir durch den Kopf gegangen.
Er hätte sie meinetwegen verlassen?
Um mit dem Menschen zusammen zu sein, den er liebt.
Eine verführerisch süße...
... vollkommen inakzeptable Zukunft.
Man soll aufhören, wenn es am schönsten ist.
So heißt es doch...
Makoto...
KRSCH
Jun.

Ich würde meine Frau retten.

Die Frage von damals...
Wenn deine Frau und ich zeitgleich im Fluss zu ertrinken drohen...
... wen würdest du retten?

Wenn du und meine Frau zu ertrinken drohen würden...
... würde ich meine Frau retten.
...
Aah... bin ich froh...
Dass du bist, wie du bist.
Dass du nicht vor mir davonläufst. Du mir die Antworten gibst, die ich mir erhoffe.
Dass du mich einfach wegwerfen kannst.
Ich bin so erleichtert.
Ich sollte langsam nach Hause.
Gibt noch einiges zu packen.
Okay.
Pass da drüben auf dich auf, ja?
Du auch auf dich, Makoto.

Mach's gut!

Uuh...
Fang jetzt bloß nicht zu heulen an!
In aller Öffentlichkeit...
... wo dich jeder sehen kann...
... kannst du dich nicht so gehen lassen!
Kh!
Und du willst ein Mann sein?
Khh!
WOMM
Männer wei...

Uh...
Uuugh...

Jetzt verstehe ich es.

Das ist Liebe.

Ausstellung des Kunstwettbewerbs
Junkun!
!
Du wirkst ja tiefenentspannt, trotz deines Umzugs morgen!
Schon alles gepackt?
So gut wie.
Bist du auch hier, um dir das Bild von Sae anzusehen?
Ich musste es einfach sehen!
Ein tolles Bild!
Man sieht gleich, dass es von ihr ist!
Echt?

STUPP
Ausstellung des Kunstwettbewerbs
Sag mal, Junkun...
Kann ich dich was fragen?
Was denn?
Damals, als wir kleine Stöpsel uns kennengelernt haben...
In dem Park, in dem wir immer sind?
Ja, genau.
Damals hab ich dich angesprochen.
Wusstest du damals schon...
... dass du auf Männer stehst?
Nicht die Bohne.

Darüber hab ich mir in dem Alter noch keine Gedanken gemacht.
Etwa in der Sechsten hatte ich dann manchmal das Gefühl, anders zu sein.
Sicher war ich mir erst in der Mittelschule...
... als ich mich verliebt habe.
Darf ich fragen...
... in wen?
Takeuchi, unseren Japanischlehrer.
Schöööön.
Jetzt setzt euch wieder brav hin.
Dein Ernst?!
Der könnte dein Opa sein!
Ich steh nun mal auf Ältere.
Mit Jungs in meinem Alter kann ich kaum was anfangen.
Hast du nicht gesagt, du hättest davon geträumt, Sex mit mir zu haben?
Ja, aber das hat nichts mit Liebe zu tun.
Das hat sich bis heute nicht geändert.

Ich liebe dich zwar, Ryohei...
lung des Kunstwettbewerbs
... aber ich wollte nie mit dir zusammen sein.
Oh...
OOOOOOOOOOOOH!!
Ich dich auch!
WUPP
SCH
Ich liebe dich auch, Junkun!
Dir ist klar, dass ich schwul bin, ja?
Ich werd dir bei Gelegenheit auch wieder die Eier kraulen!
Mir doch egal!
Oh!

Ah!
!
Lasst euch nicht stören! ♥
Aber darf ich ein Foto machen?
Sae...
Natürlich!
Entschuldigung...
Okay!
Ich pack's dann mal!

Oh!
Ausstellung des Kunstwettbewerbs
Fast vergessen!
Ich soll dir was von unserem Magic-Yusuke ausrichten.
Von...
... Yusuke?
Ich mag »Sheer Heart Attack« am liebsten!
War alles, was er gesagt hat.
Ach so...
Ich mag »A Night at the Opera« am liebsten.
Richtest du ihm das aus?
Meinetwegen.
Ich werd ja gern außen vor gelassen.

Was immer ihr da am Laufen habt, macht mich noch eifersüchtig!
Ich will mitspielen!
Mit den Worten machte Ryohei sich auf den Heimweg.
ersüchtig!«, jammerte er gek
Angst, dass er ihm seinen
wegnehmen würde. Eine heiße
ksbeziehung!
yship #EnemiesToFriendsToLove
#EnemiesToFriendsToLo
→
あ
た
ま
ABC
Sae...
SCHOCK
Ja, natürlich!
Hat der Augen im Hinterkopf?!
Ausstellung des Kunstwettbewerbs
Egal jetzt, lass uns gehen.
Ist gut...

Das ist das Bild, mit dem du den Preis gewonnen hast?
Wie soll ich sagen...
Sag am besten gar nichts.

Erster Platz
»Verliebt«
Sae Miura

Ein peinlicherer Titel ist dir nicht
ngefallen?
Genau darum solltest du die Klappe halten!
Ist schon peinlich genug, dass das Bild, das ich von meinem Ex gemalt habe, hier ausgestellt ist!
Dann frag mich mal.
Deine Eltern kommen doch auch noch her, oder?
Sie waren schon hier...
Ich habe meinen Vater mit aller Kraft aufgehalten.
Bringt mir diesen Kerl her! Dem werd ich's zeigen!
Krieg dich wieder ein, Papa!
Danke...
Hör mal, Jun...
Du hast doch mal nach dem Grund gefragt, warum homosexuelle Menschen geboren werden, wenn sie doch keinen Nutzen für den Fortbestand der Art haben.
Ich glaube...
... ich weiß die Antwort!
...
Was?

SWUSCH
SWUSCH
Vielleicht gibt es...
... Fujoshi unter den Göttern!
Fujoshi unter den Göttern...?
Das würde...
... homosexuelle Männer tatsächlich erklären!
Wenn dieser Gott die Erde zu einem BL-Planeten machen will und uns daher geschaffen hat...
Wenn man dann noch bedenkt, wie Makoto und ich oder Mr. Fahrenheit und sein Freund...
... sich ununterbrochen quälen...

* Beschreibt homoromantische und -erotische Darstellungen bzw. Geschichten zwischen Frauen.

Jun, wollen wir uns jetzt verabschieden?
Ich glaube, gerade könnte ich es schmerzlos über die Bühne bringen...
...
Okay.
Jun...
Ich danke dir für alles.
Ich dir ebenfalls.

Ich steh auf Homos...
... und ich liebe dich, Jun.
Ich steh auf Männer...
... und ich liebe dich, Sae.
Unsere Körperwär-me...
... überträgt sich auf den jeweils anderen.
Wie damals auch...
... aber...
... damals war es anders.

Dieses Mal ist es ein Abschied.
Ah! Fast vergessen!
Eines will ich dir noch mit auf den Weg geben.
Was denn?
Du solltest das Wort »Homo« nicht überall herumposaunen.
Bei dem Wort schwingt eine leicht verächtliche Nuance mit.
Verwende besser das Wort »schwul«.
Mir persönlich hat das zwar nichts ausgemacht, aber ...
!!!
Das hättest du mir ruhig mal früher sagen können!!
Also dann, mach's gut!
AHAHAHA!

Nach meinem Abschied von Sae...
... bin ich zur Shinjuku Ni-Chome.
KLINGE LING
Hallo!
'39
OPEN
Komm nur rein!
Hab's schon von ihm gehört!
Du hast ihn abserviert?
Ich hab den noch nie so durch den Wind erlebt! Ich hab mich gekrümmt vor Lachen!
Warum ...
... hast du Schluss gemacht?
...
Weißt du...

Ich habe ihr alles erzählt.
Wie ich Sae beim Kauf eines BL-Manga erwischt habe.
Wie ich mit ihr schlafen wollte.
Und auch, dass ich versucht habe, mir das Leben zu nehmen.
Da war ja ganz schön was los bei dir.
Und was hast du jetzt vor?
Das weiß ich noch nicht...
Aber...
... ich will mich selbst lieben lernen.
Auch wenn man mich hasst und mich niemand so akzeptiert, wie ich bin.
Das ist mir gerade am wichtigsten.
Weißt du...
... ich finde die Herangehensweise...
... sich die Welt leicht zu machen, großartig!
Queen
Night At The Opera

Freddie Mercury ist der Sänger einer Rockband und hat weltweit über 300 Millionen Alben verkauft.
Aber...
... anders betrachtet...
... sind wir genau wie er.
Stimmt!
Du hast recht!
Und als ob sie die Stimmung lesen könnten...
... ertönt »Teo Torriatte« aus den Lautsprechern.
Die Melodie, die Wehmut und Hoffnung in sich vereint...
... schafft in Kombination mit den japanischen Zeilen eine faszinierende Welt.

Nanu?
Gehst du schon?
Ja.
Ich möchte gehen...
... solange das Lied noch spielt.

Lass uns mal wieder treffen.
Irgendwo auf dieser weiten Welt.
Klar!

Stell dich den anderen bitte vor.
12a
Ja.
Ich habe mir zwei Varianten für meine heutige Vorstellung überlegt.
Eine unproblematische und eine nicht so unproblematische.
Welche soll ich nehmen?

Und ich bin...

SHE LIKES GAY BOYS
BUT NOT ME

Ende

最終的に僕の取るべき選択肢は
三つしかない。

Vielen Dank für alles!

my genderless boyfriend

TAMEKOU

Ein kunterbunter Feelgood-Manga über ein bezauberndes Pärchen, das sich über alle Geschlechterklischees hinwegsetzt! Meguru hat ein Händchen für alles, was kawaii ist! Wenn der Influencer mit dem farbenfrohen Genderless Style Make-up- oder Modetipps postet, kann er sich vor Likes kaum retten. Doch obwohl er sein halbes Leben mit seinen Followern teilt, wissen sie nichts von seiner großen Liebe, der hart arbeitenden Mangaredakteurin Wako. Wird es seinem Image schaden, wenn seine Fans erfahren, dass ihr Idol schon vergeben ist?

hayabusa_manga

hayabusa-manga.de

HAYABUSA

SHE LIKES GAY BOYS
BUT NOT ME

ist eine japanische Serie, die originalgetreu von »hinten« nach »vorne« und von rechts nach links gelesen wird! Schlagt das Buch also »hinten« auf und blättert Seite für Seite nach »vorne« weiter! Auch die Bilder und Sprechblasen werden von rechts oben nach links unten gelesen, wie es in der Grafik gezeigt wird! Hayabusa wünscht gute Unterhaltung!

HAYABUSA
Carlsen Verlag GmbH · Hamburg 2022
Aus dem Japanischen von Carina Dallmeier
KANOJO GA SUKI NA MONO HA HOMO DEATTE BOKU DE HA NAI volume 3

First published in Japan in 2019 by KADOKAWA CORPORATION, Tokyo.
German translation rights arranged with KADOKAWA CORPORATION, Tokyo. through TOHAN CORPORATION, Tokyo.
Redaktion: Germann Bergmann
Herstellung: Maria Niemann

ISBN: 978-3-551-62123-8

FSC
www.fsc.org
MIX
Papier aus verantwortungsvollen Quellen
FSC® C014496